Un peu plus grands

Doux avec des étoiles

TEXTE | Cécile Gagnon
ILLUSTRATIONS | Hélène Desputeaux
ISBN 978-2-923506-33-3
CONCEPTION GRAPHIQUE | ARTO design
© Cécile Gagnon et desputeaux+aubin 2011 pour le texte
© Hélène Desputeaux 2011 pour les illustrations

desputeaux + aubin
Case postale 235, succursale Beloeil
Beloeil (Québec) Canada J3G 4T1
www.desputeauxaubin.com

NOUS SOMMES FIERS DE CRÉER, PRODUIRE
ET DIFFUSER SANS SUBVENTIONS.

DISTRIBUTEURS

Canada
Diffusion Dimedia
539, boulevard Lebeau
St-Laurent (Québec) H4N 1S2
www.dimedia.qc.ca

Europe
Pollen Diffusion
101, rue des Moines
75017 Paris
www.pollen-diffusion.com

Dépôt légal 2011
Imprimé en Chine

Doux avec des étoiles

TEXTE : Cécile Gagnon
ILLUSTRATIONS : Hélène Desputeaux

Pour Adélaïde

d e s p u t e a u x + a u b i n

– Oh! Thomas, regarde ce que je viens de trouver
dans le fond de la boîte.
– Hum! ce n'est qu'un vieux chiffon.
– Pas du tout, c'est mon déguisement
de cosmonaute.
Non, non… c'est…
– Ça, un déguisement?
Tu veux rire…

– Attends! Attends, je vais t'expliquer. Ah! comme je l'aimais mon pyjama, doux avec des étoiles. J'étais toute petite, c'était mon premier vrai pyjama. Pour m'endormir, je me frottais les joues sur les manches. Je m'imaginais que j'étais la lune au milieu des étoiles.

Mais, bien vite, il est devenu trop petit, mon pyjama.
Comme j'avais de la peine de ne plus le voir, c'est Mathilde,
ma petite sœur, qui l'a porté à ma place.

Puis, un jour, on cherchait un drapeau
pour la cabane. On jouait à l'exploration
des galaxies. Il était merveilleusement
beau, notre drapeau.

Et puis, ah! oui, le jour du carnaval, j'ai porté
un déguisement de cosmonaute. J'étais superbe.

Quand j'ai fait le dégât avec la peinture, j'ai pris une partie de mon pyjama pour éponger. À force de le laver, il a beaucoup pâli.

Mais maman a découpé ce qui n'était pas taché. Elle en
a fait un sac pour mes billes. Il était doux, avec des étoiles.
Comme j'en étais fière !

Je me souviens aussi de ma salopette ; sur les genoux, il y avait des pièces bleues avec des étoiles. Elles ont résisté longtemps.

Et puis, Rouquette a eu besoin d'un coussin pour son panier.
Elle aimait bien dormir sur quelque chose
de doux avec des étoiles.

Enfin, à la maternelle les manches de mon pyjama
sont devenues des marionnettes.
Ah ! qu'il était réussi notre spectacle !

– Tu comprends, maintenant, comme je suis
contente de retrouver ce vieux chiffon ?
C'est comme de revoir un ami parti depuis
longtemps. Mieux que ça, ce vieux tissu
délavé eh bien ! c'est un morceau
de ma vie d'autrefois. Je vais
le garder toujours.

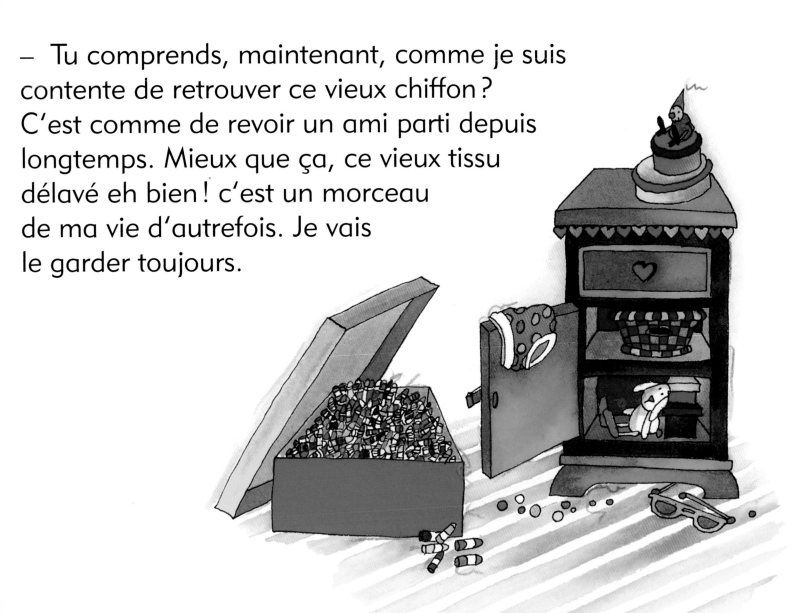

– Maman ! maman… tu te souviens de mon pyjama que j'aimais tant ? Le doux, avec des étoiles… ?